갯메꽃 한 송이

최영희시집

# 갯메꽃 한 송이

초판 1쇄 인쇄  2021년 11월  26일
초판 1쇄 발행  2021년 12월   2일

지은이/최영희
펴낸곳/도서출판 우인북스
등록번호/385-2008-00019
등록일자/2008년 7월 13일
주소/안양시 동안구 시민대로 272, 1305호
전화/031-384-9552
팩스/031-385-9552
E-mail/bb2jj@hanmail.net

ⓒ 최영희 2021
ISBN 979-11-86563-26-7  03810
값 9,000 원

이 책은 '경기도'와 '경기문화재단'의 '2021 경기도 문학분야 원로예술인 창작활동
지원사업' 지원을 받아 제작되었습니다.

# 갯메꽃 한 송이

최영희 시집

우인북스

## 제 2 부

## 제3부

**제 4 부**

**제 5 부**

제1부

# 늦은 길

늦었군요
너무 늦었군요
아니
이미 늦었군요

그날이 지나고
또 지나

그런데 왜일까요
이제야 그리로 가고 있어요

가랑잎 소리
빗소리

그 소리에 끌려
또는 달빛으로

부질없이도
나서던
그 길
저절로 가고 있는

그 길 가듯이
이제야 그리로 가고 있어요.

## 산내마을

산내마을에 갔다
먼저 가서 난로를 피우고
작은 토방에 군불을 때고 기다려 준
벗을 찾아가 하루를 더 묵었다
참나무 장작불 앞에 넓게 신문지를 펴고
갖가지 장만해 둔 반찬을 꺼내고
갓 지은 밥에, 지난가을 손수 장만했다는
무청 시래기로 끓인 된장국과 저녁을 먹었다
그새 수척해지도록 많이 아팠던 몸으로
여러 가지 준비한 귀한 노동이 고맙고 미안한
저녁이다 토방으로 건너갔다 벽에는
옷 한 벌 걸 만한 횃대가 하나 있을 뿐
천정도 벽도 창호지로 도배한 하얀
깨끗한 방이다 낮은 산이 까맣게
잠기는 하늘에 하나둘 돋아나는 별을
머리맡에 두고 방문을 닫았다 마루에는
요강이 있고 별이 빛나고 환해지는
문살 문에는 맑은 밤하늘이 기대서 있고
온돌방 노랗게 익은 장판을 식히며
젖은 수건을 널었던 자리로
다리를 뻗었다 기대고 잠든다는 거

북받친 설움을 토하는 뼈마디의
울음소리가 등을 타고 흐르는 밤
군불을 어떻게 때야 하는지 몰라서
물었더니 스님이 열 개비 때라고 했는데
열두 개비 땠노라고…
방은 식을 줄 모르고 뜨겁다

넉넉한 사람의 품
고대광실에 있지 않고
작은 집 작은 방 안에 있고
별이 총총한 낮은 밤하늘같이 아늑한
지기지우의 마음에 깃든다는 거
배우고 있었네.

# 일흔에 본 백록담

그 높은 델 왜 가노
백록담은 왜 보고 싶은데
묻고 물으며 그래도 간다
진짜로 갈끼가
억수로 힘들낀데
내 안에 내가 모르는 나
무척 그리운 나
있나
잘 있나
만나 보려고 가는 중이다

백록담에 가면
하얀 사슴은 볼 수 있을까?
사슴을 만나서 사슴을 닮고
돌아와 이제는 사슴처럼
순하게 살아 볼까 하고
갈수록 힘들고
힘들어서 순해진
한 노인이
보고 싶어 가는 중이다
일흔 살 노인은

남은 날
'순한 사슴같이 살자'
자유를 끼니로 때우고
기어이 가고 갔다 백록담

우러러온 삶도
여기쯤 두고
차오른 숨 고르는
한 노인이
하얀 사슴처럼 기다리는
백록담.

# 호랑가시나무

호랑가시나무 새순이 부드럽다
반짝거리는 잎새 푸른빛이여!
가시를 세우고 억세게 살아온 세상도
오월 새순같이 부드러울 때가 있었지…

연민에 잠길 동안에도
가시나무에는 가시가 자라고
자라난 가시는 호랑 가시가 될 것이다
호랑가시나무이기 때문이지

발톱을 세우는 가시나무 아래
저 작고 부드러운 앵초 꽃
발아래 부서지는 파도같이
하얗게 피어나서 순하게 웃는다
호랑가시나무에 새순이 부드럽다.

# 거울

그때
물을 긷다가 두레박을 우물에 빠뜨리고
난감했을 때
갈고리로 깊은 우물 속을 더듬고
작은 거울을 들고 우물 속을 비추며
거울에 반사된 빛을 붙잡고 가만히 서 있을 때
환하게 바닥이 보이는 우물
두레박을 건지고 나서 거울의 빛이 사라지고
두레박으로 물을 긷고 우물 속 다시 어두워지고
깊은 우물 잠잠한 표면 아래로 다시
가라앉은 잡동사니…

비스듬히 지는 저녁 해 벽에 걸려
그림틀 유리에 부딪혀 눈이 부시는 시간
거울로 비추어 보았던 우물 속같이
잠잠한 표면의 한생을 들여다보는 빛 한줄기
안으로 가라앉은 잡동사니
반짝이는 상처.

# 입추立秋에

비보다 더 많이 눈물로
세상을 적시었고
아직 가시지 않은 비 소식 사이로
입추 가을…

이른 봄 깎아낸 꽃밭에 맥문동 다시 푸르고
보랏빛 꽃 이랑 위
열사흘 백중맞이 달빛

꽃을 내가 보았는지
꽃이 나를 보았는지
내 안에
꽃으로 물든 참회의 달빛.

# 매화 피는 길

꽃송이 먹어 보면
알게 될까요?

꽃송이를 통째 깨물어
쓰디쓴 꽃물 삼켜 보면
입안 가득히
향기가 오래오래
머문다는 것을 깨우치면
쓰디쓴 삶도 더러
오래오래 머무는
향기가 된다는 것을
알게 될까요?

# 산 되어 주고

산 가득
붉게 핀 진달래
산 하나
꽃 되어 주고

꽃 지고
제 꽃조차 잊은 관목
포기마다
산 되어 주고.

# 어제와

어제와
그리 다르지 않은
오늘을 살고
안 하면 보이지만
하고 나면 보이지 않는
그런 일
어제와 다르지 않은
오늘
보이지 않게 살고…

# 얼굴
- 꽃


얼굴 보려고
꽃을 가꾸는 사람은
안에 있는데
꽃은 밖을 향해 웃는다

창밖에는
제 좋아하는 해가 들고
밤이면 가끔 달빛도 든다

제 좋아하는 해를 쫓아
제 좋아하는 달빛을 쫓아
얼굴을 돌릴 줄 아는 꽃

내가 안에 있다고
꽃의 얼굴을
안으로 돌려놓는다

얼마 안 가서
제 좋아하는 해를 향하여
얼굴 돌릴 것을 알면서도…

저 작은 꽃도
제 좋아하는 쪽으로
얼굴 돌리고 웃을 줄 안다

꽃의 자유다.

# 한라산 1

어떻게 온 사람들인가 이 먼 데를
누가 실어다 준 것도 아닌데
한 걸음 두 걸음
정직하게 걸어온 귀한 발걸음
해발 일천구백오십 미터 높은 한라산
구름 걷힌 봉우리에는
모두 낯선 사람들
언뜻 닮은 사람들
약속이나 한 듯이 모여서
기념사진 찍고
모여 앉아 도시락을 먹기도 하고
축복하는 듯 맑은 하늘

성판악 휴게실에서 구천팔백 미터
왕복 사십구 리里 길
누가 떠밀었을까 누가 올라오라 했을까
가파르고 숨찬 산길 마다않고 뚜벅뚜벅
앞서거니 뒤서거니 가던 사람들
가슴 차오르는
그 무엇이 부추겼을까
한 사람 한 사람 예사롭지 않은 사람

조금씩 비슷하고 조금씩 다른 모습
우러러 온 산봉우리
이르러
무엇을 보았으며 무엇을 찾았을까
백록담은 말이 없고
아무도
아무 말 하지 않아도 되고.

# 연산홍

철쭉이 피었다가 지고,
가뭄 이기고 신록이 푸른 유월
어느 날 휴대폰에 실린 꽃 사진 한 장
북향 창밖에 더디 핀 연산홍이라고 했다
반갑고도 놀라운 봄꽃 연산홍
은퇴가 가까운 공대 교수의 연구실 창밖에
더디게 피어나는 꽃이다
그 마음 어찌 다 헤아릴 수 있을까마는
꽃조차 더딘 창밖을 향해 살았지만
세월은 너무 빠르게 흘러 정년停年이
눈앞에 와 있음을 아쉬워함인가 하고…
북향 창밖, 그늘져 볕도 야박하게 지나가는
척박한 바위틈에도 봄이 오면 새순 나고
더디지만 곱게 피어나 있었던 연산홍
봄이면 피었던 봄꽃인데
새롭게 보이는 까닭이 쓸쓸하다
어느 때엔가
'눈물이 다 꽃이게 하는 화창한 봄날이다*'라는
어느 시인의 시를 받고는
"꽃은 꽃이고 눈물은 눈물이지"
라고 하지 않았던가

그것이 과학적 진실이었지
그런데 왜… 문득
꽃을 핸드폰에 담은 것일까
'저 꽃은 내년에도 저기에 피어 있겠구나'
하는 생각을 했을까

홀로, 타국에서 학업을 마치고 돌아와
교수가 되어
가족과 함께 기뻤던 날의 감동이
아직 남았건만
어느새 은퇴를 바라보며 내다본 창가
꽃이 피고 지는 야속한 세월
연산홍 붉은 계절이
까닭 없이 쓸쓸한 가을을 닮았다.

＊고창영 「화창한 봄날」

# 고견사 가는 길


비탈진 산길 1.2km는
어느 고승의 깨달음을 열었기에
함부로, 거저 내어 주지 않았다
안주한 세월의 무게 이고
다시는 돌아오지 않을 오늘을
후회하지 않으리라 가고 또 가는 길
맑게 쏟아지는 하얀 폭포는
심신을 끌어내릴 듯이 깊다
겨우 3분의 1이라 하는데 길은 숨차다
기꺼이 가야 할 거기, 기다리는 누구 있기에
이 길은 이리도 간절히 가야 하는지…
고행의 길은 이어지고
얼마나 남았는지 묻고 또 물으며
세월의 무게를 탓함이 아니라
세월의 힘으로 가고 있음이 아닌가
안주한 세월이라고
어찌 호락호락 거저 간 세월이던가
가파른 삶의 고갯길
시인詩人으로 살아왔음이여!


드디어, 고견사를 보았다

천년을 살아서 우람한
한 그루 은행나무로 통하는
고견사의 천년을 보았다
수많은 사람의 발길로 낸 길
수많은 사람이 우러르던 하늘
은행잎이 파릇파릇 피어나는 봄이다
한 걸음 두 걸음 축대에 올라서니
이름 모를 꽃잎이 흩날리고
마당을 수놓고
흐르는 맑은 도랑물 따라 떠 흐르는 꽃잎
매화꽃이라
지나치듯 객을 맞이하는 스님이
일러 주고 간다.
꽃잎이 바람결에 지고
매화나무 아래 놓인 평상에 앉아
시인은 향기로운 눈물을 닦았다
2012. 윤삼월
더디 피어난 산매화 꽃잎 흩날리는
어느 봄날의 추억이 되었다
한 짐 세월은 내려놓고 꽃잎처럼 가벼이
떠내려가라 한다.

# 인연을 지우며

스님은
차를 우려
한 잔 또 한 잔 잔을 채우셨다.

내 뜰에 찾아온 인연이라
그냥 보내고서
지나간 이의 서운함이 마음에 남을까?
인연을 지우며
한 잔 또 한 잔 잔을 채우는 것이리라.

스쳐 지나갈 사람
아주 작은 인연일지라도
서운하지 않게
그래야 지우기가 쉬워
마음이 편해야 다 잊으니까.

본래 빈 잔이었으니
잔이 차면
그대가 비우고 갈 것 아닌가.

비우고 가라

한 잔 또 한 잔 잔을 채우시더니…

인연을 지우며
차를 마신다.

# 시詩 아니면 안 쓰기 1


그러나 나는 쓴다
내일 새벽
외손자가
친가에 가는 날이다

자장가를 부르면
모차르트
슈베르트
하더니 잠이 들었다

2001년 1월 어느 날
불을 켠 채
아침이 되었다
미역국에 불을 올리고
가다가 먹을
아침을 준비했다
새벽 4시에
자동차를 타고 갔다

둘째와 묵주기도를 드리는 동안
날이 새고

경주에서 전화가 왔다.

# 한라산 2

안갯속을 벗어나니
구름을 뚫고 솟아난 봉우리에
해가 났다
아픈 몸을 추스르는 아이와
일흔의 노모가 함께 가는 백록담
잠깐 쉬어 오는 길
열두 시간
아침 일곱 시에 산길 들어서고
저녁 일곱 시에 나오는 한라산
열심히 걷고 땀 흘리고
빈 하루를 바친 길

아이는 노모가 걱정되어
돌아서서 기다리며 가고
노모는 아팠던 아이가 걱정되어
쉬어 가자 하였지
사철 푸른 나무에는
유월 새순 꽃보다 빛나고
큰 산 먼 길이 작은 풀잎으로
숨 고르고 산다는 거
한라산이 내게 주는

선물이었지

힘들었던 삶
내가 살아낸 것이 아닌 거

새로 피어나는 풀잎같이
날마다 다르게 반짝이는
날마다 다르게 나를 부르는 목소리
작고 소소한 일로
내가 숨 쉬고 살았다는 거
이제야 알겠네.

# 풀씨

살아 있는 날까지
얻은 것과 받은 것에
고마움 간직하며
못다 갚은 은혜에 대하여
기도하며 살자

늦은 저녁 불빛 아래 매미가 울고
더위도 꺾여
소스라쳐 피어나는 풀꽃들
열매를 맺고 가려 함이다

가을 풀꽃을 깨우는
매미 소리
살아 있음에 울어야 하고
죽어서 깊이 묻힐 것이다
매미도 묻히고
풀씨도 묻히고
죽은 듯이 다 묻히는 계절
가을이 지나가는 길목

어디서 불어오는지

바람같이 스며드는
쓸쓸한 그리움.

# 시詩 아니면 안 쓰기 2


2001년 1월 어느 날
설이 지나갔다
그래서 또 이렇게 쓴다
막내딸이 운전면허 시험을 치는 날

설 연휴에
부산 친가에 간 외손자와
큰딸 내외가 오고 있다
11시에 경주를 지나고 있다며
전화가 왔다
날씨가 흐린 탓인지 춥다
아이들을 기다리며
커피를 탄다.

# 하얀 밤

늦은 밤

눈이 내리고

하얗게 부서지는

하얀 밤.

# 백두산 가자

눈 천지
얼음 천지
발 시리고
바람 불어 볼 시리고
입하 소만 다 지나고
곧 망종인데
눈만 얼음만
천지배까리
봄은 와도
눈 속에 있고
안 보이고
여름에나 열리는 꽃길
꽃이 피어나는 계절
저 눈밭에 꽃길 열리면
가자 백두산
은양지꽃 피거든
다시 가자 백두산
가자
꽃길로 가자.

제2부

# 비누 만들기

대나무 테를 멘 조각조각 나무로 메운 나무통에
받침대를 걸치고 시루에 재를 담아 잿물을 받았다
겨울나기로 입었던 흰 무명 핫옷을 빨아 입던 시절
방망이로 두드려 헹구고 다시 양잿물 풀어
가마솥에 안쳐 삶아서 빨랫비누를 아끼느라 힘들게
빨래해서 널고 핫옷은 핫옷대로 쌀풀 먹여 다듬이하고
명주옷은 명주옷대로 붉은 가사리 하얗게 바래두었다가
죽이 되도록 끓여 고운체에 걸러 가사리 풀 먹여 널었다
구김살 펴느라 몇 번씩 걷어 손질해 널고
반들반들 윤이 나도록 박달나무 고운 다듬잇방망이로
다듬잇돌에 놓고 다듬어서 짧은 해조차 일찍 져버린
저녁 호롱불 아래 앉아 옷을 지었다
안팎을 맞대어 사이에 솜을 놓고 솔기를 따라
손바느질로 옷을 지으며
오만 때 다져도 솔기 때만 지지 말라 했다는 며느리의
애환이 담긴 노래가 있었다는 이야기 나누었다
시어른 핫저고리 다시 짓기 힘들세라 그랬다고 하면서
깨끗이 빨아도 남는 솔기 자국 따라 바느질을 했다
설빔을 지어 설날이면 옷을 갈아입고
흰 무명 긴 두루마기 명주 안 받쳐 그렇게 지어 입고
모든 것이 귀하고 모두 소중하던 그 시절 추억하며

이제는 귀할 것도 없는 비누를 만들고 또 만들고 있다
양잿물 덩이에 물을 부으니 독한 연기가 코를 찌르고
열을 내며 뜨거워진 물에 손을 델라 조심히
콩기름을 넣으며 저었다 이제는 귀할 것도 없이
남아돌아 유효기간이 지나버린
식용유를 넣어 나무 주걱으로 젓고 저어 만든 비누

흔하고 흔한 비누를 만드는 날도 바친 노동은 귀하다
가마솥 한가득 흰옷들이 끓고 있는 따듯한 아궁이 앞
그날처럼 구수한 바람 한 줄기 지나가고 있다.

# 구절초

구절초 피는 계절에는 아버지가 그립다

하얀 이슬이 내린다는 백로 무렵
구월 구 일에 출생 신고를 하신 이유가 있었을까
살아생전에 묻지 못했던 궁금한 이야기
새삼스레 떠오르고 묻고 싶어진다.
친정 조카 산바라지며 업어 키워주신
고모님은 알고 계셨는데 얼마 전까지만 해도
전화로 맑은 목소리 들려주셨건만
소한 추위에 태어나 늦되고 더딘 아이여서
잘 여물기를 바라 볕 좋고 곡식 여무는
계절을 기다려 생일을 지어주신 것일까
이듬해 삼월에 돌아가신 증조부의 병환으로
집안에 근심이 깊어서였을까
할아버지와 아버지의 신변에 또 다른 일이
있었을까 증조부께서는 어떻게 아팠을까
할머니 생전에, 아버지, 고모님 생전에
묻고 또 물어 가슴에 가득한 그 많은 이야기
듣고 또 듣고 밤새도록 들어둘 것을
구절초 필 무렵 그리운 얼굴 모두 저세상이다
구월 구 일 생일과 꽃부리 영英 자가 든 이름

이름값을 했을까?
아버지의 바람대로 나는 살아온 것일까
엄동설한嚴冬雪寒에 태어났으나
들판에 곡식이 여물어가는 백로 절에
하얀 이슬 머금고 피는 꽃이 돼라 빌었고
정성으로 지어주신 이름값을 나는 살았을까
구절초 피는 계절이면 아버지의 논길
가을을 알리려 피어나는 들국화
작은 꽃송이를 닮은
아버지의 그리운 아이가 그립다
삽괭이 긴 자루 어깨 위에 올리고 논길로
돌아오시던 아버지
뵈올 날도 그리 멀지 않았구나.

# 눈 오는 날

눈이 오면
외가에 가고 싶다

소달구지
숯가마 신고
지나가는 길

쇠똥 위에 눈이 내리면
징검다리 시내도
꽁꽁
얼겠지

눈이 오면
새 신 신고
외가에 가고 싶다.

# 달개비 꽃 1

하늘빛 파랗게 피어나는
달개비 꽃을 보면
어머니 손에 한 움큼
밭에서 따온 달개비
풀을 든
어머니 얼굴

빈터에 가득히
달개비 꽃
질긴 풀 질긴 목숨
절로 피어나라 마냥 두고 보면서
달개비 꽃을 가꾸는
게으른 농부가 되고 싶다

하늘빛 파랗게 피어나는
달개비 꽃
한 움큼 풀꽃을 든 어머니 얼굴.

# 꽃이 아니라 별이다

초롱꽃 보고 있으면 이름 때문일까
초롱불 불빛이다

그 희미한 불빛 아래 저녁상을 차리고
숭늉이 끓고
아궁이 앞에서 불을 찌운다

꺼질 듯 꺼지지 않는 심지 끝에 달린 불꽃
바람에 흔들리는 초롱을 들고
길 끝에 서 있으면
희미한 불빛을 등대 삼아
자갈밭 어둠을 밟고 오는 발자국 소리

누가 누구의 안내자인지 모르는
마중을 나서곤 했지

저녁상을 차리는 부엌에는
연기에 어룽진 불빛
처마 끝에 걸어두면
사람 사는 마을에 돋아나는 별빛
초롱꽃 보고 있으면

꽃조차 불빛이다

꽃이 아니라 별이다.

# 약초

뒷산에 삽주 뿌리를 캐러 가던 날
산에 가면 늘 거기 있어 주는 약초
이제는 가자는 사람도 없고
그것을 열심히 캐다가 달여서
식혜를 담가야 하는 절실함도 없다.
엉겅퀴, 질경이, 밭가 너럭바위에 돌옷
달여서 약이 되는 그 물로 식혜를 담가
쓴 약도 달게 해서 할아버지는
잠 이룰 수 없었던 밤 해수를 다스리시고
섬기는 일에 이골이 난 사람들…
숨이 막히도록 해수咳嗽에 지친 저녁이면
화덕에 묻어둔 참나무 장작 끝 불시울
자리끼에 담가 물을 데워 마시기도 하고
약초를 달여 만든 식혜로 달래곤 했지.

저녁이면 할아버지 곁에 깨어 있던 사람들
잠 못 드는 할아버지의 길고 긴 밤
날이 밝으면 다시 생기를 찾아
가을에는 새 짚으로 망태를 만들고
큰 감나무에서 딴 감을 수북이 쌓아놓고
곶감을 깎으시던 할아버지

싸리나무 가지를 다듬어 깎은 감을 꿰어
제수祭需용은 간짓대 끝에 높이 매달고
손녀의 간식거리 대소쿠리에 널어
장독대 울타리 삼발이에 얹어 두시던
할아버지와 곶감을 세며 배운 셈 놀이
곶감 먹는 날을 기다리던 그때처럼
손꼽아 기다리면, 고마운 세상 오겠지
해수에 찬 긴 밤이 가고 아침이 오듯이
밝은 세상 이야기 풀어놓고
쓰디쓴 세상 이야기 웃으며 보내는 날
오고 있겠지
약초를 달여 향긋함이 퍼지는
따뜻한 부엌 아궁이 그립다.

# 은銀가락지

오랫동안 끼지 않던
은가락지를 닦았다
무늬가 새겨진 쌍가락지
불혹의 나이에
아이들에게 받은 버거운 생일 선물
나는 내 어머니에게 무엇을 드렸을까?

하얀 가락지를 끼고
좋은 일에도 가고 슬픈 일에도 가고
시인이 모인 자리에도 가곤 했지
어느새 어른이 된 아이들 앞에
내미는 손이
내 어머니의 손을 닮았다
우물 길어 밥 짓고
언 냇가에 빨래하고
닳고 닳은 금반지를 낀
슬퍼지는 어머니 손

언 손을 녹여 주시던
할머니의 아랫목에 손을 묻으면
명주 저고리 앞섶을 여민 옷고름에 달려

염불 소리에 흔들리던
은은한 은가락지 소리 들리는 듯.

# 회갑 명상

어머니 회갑은 아버지 가신 이듬해
회갑도 못 넘긴 아버지의 삶을 기리다가 잊히고
애써 사양하시며 감추어 온 서운함이 병 되었을까
시름시름 병상에 누우신 어머니
아버지 보낸 슬픔이 마르기도 전에
어머니 그렇게 따라가듯 가시고
병상을 지키며 어머니를 정성껏 돌보던 나의 아우
믿는 마음 하나뿐 남들처럼 정다울 사이도 없이
쉰을 겨우 살고 세상 떠났건만
나는 홀로 살아서 회갑을 맞았다 나는 무슨 일로
살아 있어야 할 무슨 까닭이 있을까
못다 살고 간 이들의 슬픈 꿈
더 나은 세상을 위해 열심히 살고
동생들 공부시키며 꿈꾸던 맏이로서의 아버지
자식을 공부시키며 꿈꾸던 아버지로서의 세상
다 어디 있을까 정녕 있기는 한 것일까
작답作畓을 해서 작은 논배미들 넓혀
자식들이 편하게 농사짓도록 해 주고 싶어서
힘든 일을 수없이 하고
큰비 올 때마다 논둑이 무너지고 비가 개면
또 논둑을 쌓고 그 일 또한 수없이 반복하셨건만

그 큰 논배미 지키지 못한 귀한 자식들의 삶
하늘에서 보고 계실까
삶이란 얼마나 허무하고 허망한지
공든 탑이 무너지랴 정성을 다하고
선한 끝은 있으리라 믿으며 살아온 세월이
또한 얼마나 허망한지
선덕善德을 쌓아서 보람은 자식들에게 이루리라
믿으셨던 아버지 진작 많은 어려움 헤아려 드리고
좀 더 자주 가고 좀 더 가까이 아버지 곁에 살 것을
위로받을 길 없었던 아버지의 외로움만 밀려드는
때늦은 회갑 날의 명상.

# 공곳이

팔월 한낮 햇빛을 이고
더운 길을 걸었다
언덕 위에 집이 보이니
저긴가 하고 걷고
저 너머라고 하니 더 걸어서
고갯마루에 서 보아도
보이지 않는 공곳이
이름으로만 듣던 길을
아이들에게 보여 주고 싶었는데
더운 날씨에 길은 생각보다 멀다

기다리는 사람도 없고
두고 올 안타까움도 없는
이제는 낯설기도 한 고향
낯선 이 길이
차라리 정다운 길일지도 모른다
상록수 사이로 아스라이
수그러진 좁은 계단
나무가 뿌리를 뻗어 가듯이
긴 터널 속 계단을
하염없이 내려가니

인가가 보이나 인적은 없고
팥이거나 콩을 심고
수수도 심고 산다

바닷가에 이르러 땀을 닦고
몽돌밭에 밀려오는 파도 소리에
온갖 시름 잊어도 좋다
바다 건너 안섬이 보이는
조용한 해안
이곳을 사람들은 공곶이라 부른다
무엇을 찾아서
무엇을 만나고 가는가?

모르지만
거제에 가면 공곶이에 다녀오라
나도 그 말은 할 수 있겠다
기다리는 사람도 없고
두고 올 안타까움도 없는
고향이라 했건만
공곶이 인적 없는 바닷가
몽돌밭에 밀려오는 반가운 파도 소리

반겨 주는 고향의 소리였네

보내며 안타까운
파도 소리
두고 가는 그리움.

# 마로니에가 물들면

시월이 저물어
도시의 나무도 절정의 가을이다
함께 자고 함께 밥 먹고
같은 것을 보고 같은 길을 함께 걸으며
여행에서나
같이 지낸 열흘 남짓한 시간도
이제 헤어질 시간이다
딸을 따라 평촌에 내렸다

반 시간은 더 가야 하는데
그냥 딸이 하자는 대로 하는 것이다
그래야 조금이라도 더 함께
있을 수 있다
짐을 싸고 풀며 멀리 저편에 두고 온
말뚝 쳐 둔 그리움이라도 만날 것처럼
설렘 안고 떠났지만
돌아온 날의 아쉬움
다시 여행이다

평촌이 도시로 변할 그 무렵
신도시 신설新設 중학교에 입학한 딸은

어느새 숙녀가 되었다
새 운동장을 걸어서
신발의 흙을 떨어내며
교실로 들어가던 소녀가 자라고
가로수도 공원의 나무도 자라 숲이 되었다

기름진 땅 벌말에 뿌리내린 나무들
그 속에 곱게 물든 마로니에가 반가워서
이 글을 써 본다
어찌 저리 곱게 물들었을까!
붉게, 노랗게 참 곱게 물들었다
마로니에가 물들 때 다시 한번 오라던
먼 나라에 사는 한 젊은이의
인사가 생각나기도 해서
나무를 한참 동안 바라보았다

저 고운 나무가 마로니에야
저렇게 고운 계절이 지금인데
저렇게 고운 빛도 처음이다
지금쯤 그 먼 도시의 가로수 마로니에도
저토록 곱게 물들었음을 알려 주려는 것일까

이제야 생각나는 약속같이
그날이 아직 거기에 있을 것만 같아서
마음은 다시 짐을 쌀 것만 같다

아직 여정이 남아서 가방을 싸고
가방을 차에 싣고…
그 일이 익숙해질 때쯤 돌아온 여행
또 어디론가 떠나는 중이다
마로니에가 물들 때 다시 오라는 말
그냥 지나가는, 다 지나간 인사일 뿐인데
설령 그것이 약속이었다 해도
많은 날이 지난 지금까지
잊지 못할 까닭이 있을까

딸과 함께 평촌에서 밥 먹고 평촌을 걷고
마로니에 물든 평촌의 시월을 적으며
노랗게, 빨갛게 물든 마로니에 마음에 물든다.

# 운케*

추수가 끝나면 마당에 멍석을 나란히 펴고 벼를 말리던 풍경도 옛날이야기 되었다. 건조기에서 몇 시간이면 다 마르는 편하고 빠른 세상이다. 벼는 기계로 벨 때 바로 타작이 되어 제자리에 짚을 버리고 알곡만 큰 자루에 싣고 온다. 탈곡기 뒤에 벼를 훑고 나오는 볏짚을 안아 내는 일이 놀이인 양 재미있었던 시절도 있었다. 짚단 속에서 짚가리 쌓느라 높이 던지기를 하였고 북데기를 둘러쓰고도 집안일에 한몫을 다 하던 어린 시절 이야기도 옛이야기 되었다. 볏짚은 논에서 하얀 비닐로 포장되고 추수가 끝난 논에 흰 비닐 둥치로 섰다가 가축의 사료로 어디론가 팔려 간다.

추수가 끝나면 논을 갈아엎고 늦은 가을 들판에 보리 갈이를 하던 일이며 흙메로 흙덩이를 깨느라 분주하던 풍경도 아득한 옛이야기다. 밤늦도록 발로 굴리던 탈곡기 소리도 사라지고 짚단을 나르며 뒹굴던 아이들의 웃음소리도 사라지고 달밤에 짚단 던지기도 볏짚가리 쌓기도 사라져 갔다. 알곡을 털어 낸 빈 볏짚가리는 겨우내 소죽도 끓이고 아침저녁 외양간 소에게 풀어서 던져 주면 소들은 밤새 그 짚을 씹고 되새김질하는 것이다. 하나둘 짚단을 뽑아낸 자리에는 닭들이 둥지를 틀어 알을 낳기도 하고 봄 병아리들이 자라서 첫 알을 낳기라도 하면 그 작고 따뜻한 알을 꺼내던 기쁨에 찬 아이들의 목소리도 추억이 되었다.

　운케가 널린 마당에 긴 간짓대를 걸쳐 놓고 멍석 가에 날아와 벼를 쪼는 참새를 쫓는 일도 다시는 없고 정월 대보름날 밤에는 그 간짓대로 사립 밖 멀리 후여후여 새를 쫓던 그런 일들도 사라져 갔다. 비가 오면 논밭에서 달려와 운케를 채 덮거나 많은 비가 올라치면 아예 곡식을 담아 들이고 볕이 나면 다시 내어 널던 다급한 일도 없다. 가난하여 피죽을 먹고 살았지만 그 피를 널어 말리던 멍석이 비에 떠내려가도록 책만 읽었다는 어느 선비의 이야기도 다시는 멍석 가에 피어나지 않는다. 눈먼 우리 할머니 밝은 귀에 들킨 참새들 간짓대 소리에 놀라서 날아간 일 아득한 옛날 이야기 되었다.

＊우케(방아를 찧기 위해 말리는 벼)의 방언

# 채찍비*

어제는 채찍비가 내리더니
울음을 그친 아이처럼
오늘은 하늘도 맑아서
하지夏至 무렵 해 질 녘 저녁이 눈부시고
모처럼 찾아드는 회한의 시간

소주 한 잔 아버지의 잔을 마시고
아버지께 못 드린 콜라 한 잔
더 비우며 문득 보고 싶은 아버지
아버지의 고마운 사람들
병이 깊어 힘에 부칠 때
물심양면으로 도와 위로해 주시던
이웃사촌 일가친척들
아버지는 얼마나 많이 고마웠을까

퇴원을 하고
고향 집 가시는 길에 들린 딸네 집
몸에 해로우니 술도 안 된다 하고
속을 달래느라 찾았던 콜라도
해로우니 그만 드시라고 하더니
나는 무엇을 아버지께 드렸을까

차라리 소주 한 잔 맞들어 권하고
시원한 콜라 한 잔 위로하며 권할 것을

이순을 앞두고 가신 아버지
한은 무엇이며 하고 싶었던 말씀
무엇이었을까
'고마운 사람을 잊지 말거라'
이제야 그 목소리 들리는 듯
문득 아버지가 그리운 저녁
나도 아버지를 닮아 사는지도 모를 일이다
날마다 버겁고 고마운 사람들이
아버지의 세상보다 더 많고
마음의 빚은 쌓이는데
'고마운 사람들을 잊지 말거라'
아직 마음에만 있는 말

제 세상 살아내느라
이제야 보이는 부모님의 빈자리

받기만 하는 선물이 버거워
삭히지 못한 덩어리 가슴에 얹혀

잠 못 이루던 밤도 지나고
일어나 또 하루를 염치없이 살고
해지는 저녁 눈이 부시다
눈부신 저 하늘에 누가 살기에
마음이 그리로만 가는지
마음에는 채찍비 내리는 소리.

＊채찍을 내리치듯이 굵고 세차게 쏟아져 내리는 비.

# 슬픈 땅콩

시인과 함께
문상을 갔다
어제 만났던 시인의 친구는
오늘은 영안실에서
시인을 맞이했다

문상을 마치고 술상 받고
뜰에 차려진 한 줌 땅콩과
맥주와
소주가 있는 탁자에
둘러앉아
잔을 채웠다

장마에 젖은 뜰
나무는 푸른 향기를
눈물처럼 떨군다.

잔을 비우고 천천히
젖은 땅콩 한 알 집으며
시인이 말했다
슬픈 땅콩이구먼.

# 한사리<sup>*</sup>

영등시<sup>**</sup>물때를 기다려 온
바닷가 사람들
윤들 섬목 벗굴 밭에 썰물이 지면
주청 밭을 헤치고 여를 건너
갯테<sup>***</sup>가시던 어머니
모처럼 집안일 잊어버리는 날

음력 2월 초하루
만물이 소생하는 봄이 오면
탈 없기를 바라서
들뜬 마음을 다잡아 두려는 듯
작은 나뭇가지에
울긋불긋 색동 헝겊을 매달아
정지 안 선반 위에 꽂아 두고
영등할머니를 기다리던 할만내
몰랑넘메<sup>****</sup>찬새미 찬물을 긷고
마늘밭 어덕 붉은 황토를 떠다
덩이덩이 사립문 붉히고

아껴 두었던 나락을 내어
갓 찧은 쌀로 지은 밥상을 차려

하늘로 소지燒紙를 올리며
간절히 소원을 빌던 사람들
그 사람들의 봄이 오면

영등시 물때를 기다려 온
바닷가 사람들처럼
썰물 진 윤들 섬목 벗굴 밭
주청 밭 헤치고 여를 건너
어머니를 따라 갯테 가고 싶다
시름없는 하루
한사리 갯내에 젖어서
봄을 맞이하고 싶다.

* 음력 보름과 그믐 무렵에 밀물이 가장 높은 때.
** 영등날, 음력 2월 초하루부터 15~20일무렵.
*** 갯티에, 썰물이 진 바닷가에
**** 지명, 물터가 있는 들이름

# 방울재 성당

조립식 성당이 있었다
방울재 성당
어느 날 신도시 공사가 시작되고
가장 먼저
조립식 건물 방울재성당이
하나둘 뼈대를 풀었다
그리고 빈터만 남기고 떠났다

작은 동산이 평지가 되고
터널이 생기고 방울재도 평지가 되고
방울재는 이름조차 사라졌다

방울재 아래 터 잡고 살던 사람들
울타리에 나무 심고
철 따라 꽃 피는 집에 살던 사람들도
하나둘 떠나고
주차를 허락하던 마당 넓은 집
마음이 넉넉한 사람들도
떠날 채비로 뜰에 깔린 조약돌을
하나둘 줍고 있었는데
어디로 가는지 차마 묻지 못했다

어디로 가는지 차마 묻지 못한 방울재도
방울재 성당도 어디론가 갔다
가고 있다.

# 산천재 山天齋

남명 조식 선생 발자취를 따라서
산천재에 들어갔다.
산천재 짓고 심었다는 남명매 한그루
꽃은 졌지만 그윽한 향기
뜰에 가득하다.
선현의 발걸음마다 성성자惺惺子 소리
깊은 가르침 되어 들리는 듯 은은하고
선현의 뜻을 좇아 모여드는 사람들
어지러운 세상 등에 지고 무겁게 왔지만
돌아가는 마음 가벼우리라
지리산이 품은 따뜻한 고장
이곳은 내게도 중등시절 가르침 주신
옛 스승의 고향이어서 가는 길마다
오랜만에 고향에 온 사람처럼
감회感懷가 새롭다.
오래진 약속이라도 있었던
그날 그곳이 여기였을까?
한번은 다녀와야지 마음에 두었던
그날이 온 것일까?
살아 있었기에 마침내 오게 되는
옛 스승의 고향

방학이면 신혼인 아내가 기다리는
고향에 가시던 스승의 모습
"달이 밝다 해도 쳐다볼 줄을
예전에 미처 몰랐어요."
소월 시가 담긴 사모님의 편지를
몰래 꺼내 보았던 어린 제자들에게
책을 건네주시던 선생님
옛 스승의 눈에 비친 풍경
한 아름 선물로 다가오는 차창
"방학은 잘 보내고 있느냐"
제자들을 걱정해 주시던 엽서
펜촉으로 쓴 글씨 잉크 빛
마음에 물들어 오고
그 작은 엽서 속에는
산천재도 들어 있고
지리산 정기 들어 있고
이 길을 가게 되는 인연도 들어 있고
첫 제자들에게 보여 주신 특별함이 있었고
펜촉에 잉크를 찍을 때마다
지리산 바람 문풍지 흔들었고
작은 마을 등잔불은

저 저녁 하늘 별처럼 반짝였으리라.
스승의 은혜 마음에 총총한 밤
자연 휴양림 별빛 내리는 길
맑은 바람만 고요하다.

# 별이 모이는 공원

열하루
반달이 비추는
조각공원
별들 총총하다

반달이건만
달빛 이리 충분한데

왜
불빛은
대낮같이
밤을 흔들어 깨우는지

달빛과 별이 모이는
공원을 걸어 본다

별빛 한 움큼
눈을 닦는다.

# 하롱베이에서

고맙고 고마운 일이 생겼다
떠돌아 뜨내기로 살았던 일생一生에
삼십년지기知己로 인연 지어 살아온
벗이 있다는 사실이 더욱 고마운 일이다
선상船上에 차려진 성찬盛饌이
축하의 의미라니 예사로 차려진 상이 아니다
오래전 수천 개의 섬이 생겼던 날부터 맺어진
가늘고도 긴 인연의 끈이 여기에서
십오 년 만에 나온 시집이 하롱베이에 모인 날에
축하를 받다니 영광이다

불효에 대한 갚음이라
잔치도 즐거운 일도 남의 일이라 여기며 살건만
살면서 지고지순至高至純 고운 벗을 만날 줄이야
그대를 벗으로 사는 세상 있을 줄이야
하롱베이 수천 개 섬을 못다 세고 가듯이
고마움 또한 다 헤아릴 수 없으리라
티톱섬 전망대를 몇 번이나 오르고 또 올라
저 많은 섬을 얼마나 눈에 담아 보면
살아온 날의 고마움과 견줄 수 있을까
'시詩를 낭송해 주십시오.'

어찌 그대를 초청할 수 있으며
'축사를 부탁합니다'
'축가를 부탁합니다'
어찌 그대를 초청할 수 있으며
모두 얼마나 귀하고 어려운 그대인지
생면부지 남들도 자리를 배려하고
박수를 쳐 주었으니
한 권 시집에 보낸 박수가 아니라
그대들의 멋과 우정에 답한 찬사讚辭였음을!

돌아가 주어지는 삶이 다시 힘들다 해도
고마운 얼굴들 떠올리며 성내지 말자
그대 고운 모습을 연인처럼 마음에 두리라
그리고 그대를 닮으리라
돌아보면 하롱베이 섬보다도 많은
아름답고 향기로운 사람들
살아서는 못다 세고 못다 헤아릴 고마움.

# 희원 禧園에 앉아

만나자 기다려 주는 벗을 두고
거절한 일 얼마던가

아이들이 놀이동산으로 가고
나는 혼자 희원에 남아서
긴 시간을 보낸다

여기쯤에서 만났더라면
혼자 보는 연꽃도
아쉽지 않을 것을
연꽃의 이 향기로운 바람도
함께 마실 것을…

호두나무 잎사귀가 손에 잡히던
학교 가는 골목길
내 소녀 적 그 달큰한 향기
뜰에 가득하다

희원을 돌아 연못가에 닿으니
두어 송이 연꽃은 지고
연밥이 여물고 있다

연꽃 한 송이
향기를 뿜으며 피었다가
비를 맞으며 봉오리를 닫는다

작은 봉오리들이 연잎 사이로
이제 막 물 위로 고개를 내밀고
잎새보다 높이
꽃대를 밀어 올린다

연못 속에는 구름이 흐르고
구름 사이로
올챙이가 헤엄을 치고
작은 청개구리
연잎 위에 앉아 있다.

# 시詩 아니면 안 쓰기 3

그러고도 나는
또 이렇게 써야 한다
너무 고마워서
다 갚을 수 없는 선물을
받으며 사는 것에 대해서
마음의 빚에 대해서
언젠가 꼭 갚아야겠다
하고 써야 한다

2001년 1월 어느 날
올 설에도
큰 선물 꾸러미를 받았다
그리고
선물이 버거운 날은
기도를 한다
고마운 분들을 생각하며
늘 처음 마음으로
변함없이
사는 동안
은혜 갚을 날이 꼭 오기를
기도하며

시詩 아니면 안 쓰기
그러나
시詩 아니어도
써 두어야 한다.

# 남산의 봄

노루 빛 숲 사이로
바위에 기대 살아온 남산 진달래
너무 빨리 지나가는 케이블카를 향해

미안해라 저 반가운 손짓.

제3부

# 무우쫑다리

무우쫑다리 꽃 피우며
봄을 깁는 할머니의 꽃밭

파꽃 위에 앉았던 나비
무우쫑다리 꽃
하양 보라 꽃잎 되어 날고 있었다

무우 씨
여무는 꽃밭에.

# 물봉숭아

물봉숭아가
멍석을 펴는
환한 개울가 논두렁길

그 계절을 걸어서 돌아온다

베고니아
붉은
꽃길을 걸으면.

# 꽃이여 한 잔의 술이여

아직 문 닫고 사는 2월
해가 뉘엿뉘엿 들이치더니
석양이 지나간 쓸쓸한 창가
기대선 그림자같이 서 있는 나무
행운목

벌 나비도 없이 꿀이 흐르고
꽃은 하얗게 피어나서 꽃대가 무겁다
조용히 피었다고
어찌 모를까
향기로부터 피어나는 것을

진한 향기…
오늘은 아무런 거부도 없이
철없는 꽃에 취하여
비틀거리는 쓸쓸함

철없고 부질없음도
이토록 향기롭게
피어나는 꽃인 것을
살아온 날이여

부질없어도
남은 생
온정신 다하여 살자
삶은 쓸쓸한 저녁의 비틀거림
한 잔의 술이다
꽃이여 쓸쓸한 향기여.

# 복수초 피는 봄

우수雨水 지나고
천안 성거산 성지
야생화밭
꽃도 없이 꽃밭을 지키는
이름표 하나
이름표만 둘

그 많은 꽃 중에
꼭 한 송이

높은 산속에 피어난
노랑 복수초
밤에 혼자 춤겠다.

# 마름

마름모꼴
잎이라서
마름 풀일까

마름 풀
잎을 닮아서
마름모꼴일까

마름모로
물 위에 떠 있는
마름 풀.

# 향기로운 오후의 쓸쓸함

1

봄을 부르는 향기로운 꽃이 있다
봄이라 해도 밖은 아직 추운데
노루 꼬리만큼 길어진 해
그 햇살을 믿고 피는 꽃
영하零下의 추위를 견디고
그래서 더 간절한 봄
거짓 없는 계절만 믿고 살아서
청량하게 향기로 찾아오는 봄

봄이 오면 가슴 설레던 날은 있었을까?
향기로운 봄날 오후의 쓸쓸함
왜일까?

아득한 날 어머니로부터 전해진
슬픔이 가슴 깊은 곳에 있었던 것일까?
그 봄, 산産후 백일도 되기 전
복服을 입은 어머니는
눈물 고인 가슴에 나를 안고
곡哭 소리를 들으며 삼년상三年喪

상식上食을 올렸다
철이 일찍 들 때에는 그 봄에
진달래 피어나서 진달래 따다가
꽃잎 다듬고 제사에 차릴 화전을 부치며
매운 연기로 눈물 훔치던
어머니의 봄

터울이 진 동생이 태어나던 해에는
찾아온 기쁨도 있었지만
기쁨도 잠시 자식을 가슴에 묻은
어머니 슬픈 가슴에 안겨 초롱초롱
바라보았던 어린 눈동자 속의 어머니
아마도 봄은 어머니로부터 오는
쓸쓸함이 남아 있었는지도 모르겠다

봄을 남기고 가신
어머니의 봄이 겨운 빈자리
아이들이 용돈을 줄 때 어머니께 못다 한
때늦은 후회의 슬픔이며
귀가 멀어져 가는 할머니를 뙤창문 앞에
홀로 두고 오던 날의 슬픔이며

고운 빛깔의 향기로 파고드는 잔인함…

강남 제비가 돌아오고 태양이
적도를 넘어 지구의 북반구에 봄이 오고
언제나 태양이 돌고 언제나
태양이 기울었다가 일어나고
해가 짧았다가 길어지고
오늘도 태양은 서쪽으로 지고
지구가 태양을 돈다고 해도
믿어온 세상을 믿으며 사는 날의 쓸쓸함

햇살이 두껍게 내리고
만물이 새 생명의 환희를 노래하고
정의正義가 사라지고 불의에 속았다 해도
믿을 만한 것은 아직 남아 있고
말없이 다가오는 이 슬프고 쓸쓸한 계절
슬픈 음악 같은 향기

2

이 향기로운 봄날의 슬픔 또 어디서…

이천십사 어느 봄날 오후 퇴고에 부쳐
자식을 가슴에 묻은 사람들의 슬픔을
적어야 한다
꽃 같은 제자들을 잃고
살아낼 수 없었던 어느 스승의 선택
슬프고 가슴 먹먹한 이 슬픈 참사의 봄
향기로운 오후의 끝없는 쓸쓸함.

# 봄

가볍게 떨어져
무거운
어깨를 두드리는
꽃
이파리.

# 꽃이 핀 마로니에 가로수


윤사월 해 길어서 아직 서산마루에 머무는 저녁 해
퇴근 시간이라 길이 막히고 막힌 길에 멈추어 서며…
서 있어도 시간은 흐르고 태양을 비껴가는 조각구름같이
스쳐 지나가는 시간의 뒷모습 눈이 부시는데
차창에 다가서는 푸른 가로수
마로니에 나무에는 꽃이 피어 하얀 고깔을 쓴 요정들
늘 거기 있었던 오랜 지기의 위로를 받으며 돌아오는 저녁
꽃이 핀 마로니에 나무가 있는 길
푸른 가로수 마로니에 나무를 흔드는 바람
이른 저녁을 먹고 마실 나온 어린 동무들의 숨바꼭질같이….

# 백석산* 진달래

봄날이 간다고 서러워하였더니
양구 백석산엔
청명 곡우 지나고서야
진달래 필동 말동
설핀 꽃봉오리만 곱더이다

산자락
산채 비빔밥집
손님맞이로 서 있는
키가 큰 백석산 진달래
이제 갓 피어나서
초저녁 등불인 양
산골짝을 비추고

두타연頭陀淵 폭포 물소리
놀란 듯이 깨어나는
맑고 고운 봄

파릇파릇 새로 난
찻잎을 딴다는 곡우에도
백석산 진달래

꽃봉오리 다 필 때까지
봄은 아직
조심조심
지뢰밭 사이로 오고 있더이다.

# 화엄사의 봄

사람들의 가슴에서 해마다 피어나는
화엄사 매화나무[*]
시로서 만남도 과분한 나무를
꽃이 갓 피어나 붉은 이 좋은 계절에
그 과분한 나무 아래 다가서서
우러러보게 될 줄을
나 어찌 알았을까

차 한 잔에도 지리산의 봄
순한 차향으로 마음에 이는 바람
어제는 상처라 하더니
고마워라 바람이여
쓰리도록 상처를 닦는 바람이여!
불어라 바람아
새살 돋아나는 소리 들리리니
꽃물 들어서 바람도 붉어라

일흔에는 이르러
화엄사의 봄날에 이르러라
좁은 돌계단 조심스레 내려오노니.

*최두석 시집 『투구꽃』에서

# 시인의 뻐꾹채* 1

정지용의 시詩 백록담을 읽다가
백록담 뻐꾹채가 보고 싶었다.
뻐꾹채는 피었을까?
보랏빛 꽃송이
마음에 먼저 물드는 길

한라산 양지꽃
또록또록 피어나 반기는 길
산이 높아 아직 철 이른 뻐꾹채는
어디쯤에서 꽃봉오리 맺었을까?

팔월 어느 날
옛 시인 그리워 피어나겠지

나는 다시 올 수 있을까?
팔월 어느 날
백록담 뻐꾹채 볼 날이 올까?
그리운 시인의 뻐꾹채.

＊정지용 시인의 「백록담」

# 연꽃이 피기 시작했다는 1

진흙으로
넓고 푸른 접시를 빚어
향기로이 차린
상머리
햇빛은 그 위에 고명을 뿌린다

연못에는
하늘이 내려와 자리를 깔고
구름은
천진한 발자국 하얗게 찍으며
꽃 피기 시작한 연못의 한 시절
거느리는 듯

달맞이를 한 것일까
꽃대가 솟아오르고
지나가는 바람 끝에  흔들림
뿌리는
마디마디 깊어지는 것을

저 깊은 하늘을
밟아오는 발자국 소리

100

영원히 살아 있으되
너무 깊이 묻힌 꽃씨여.

# 달개비 꽃 2

나무 아래 버려진
풀 떨기 위에
파랗게 피어나는 달개비 꽃
베어서 버리고
뿌리째 뽑아서 버리고
버려진 곳에서도
때맞추어
제철에 피는 달개비 꽃

칼날 아니어도
다치는
목숨 같은 이름 시인詩人이여!
그대 선한 마음에도
저
힘을 지니자
우러러
하늘 닮아 피는
하늘빛 달개비 꽃

귀하게 살았거나
귀하지 않았거나

볕 뜨거운 이 가을
때맞추어
너무 작은
꽃이라도 피우자
풀 떨기
꽃 떨기
달개비 꽃.

# 달맞이꽃

어느 성지에서 찍었다며 보내온
반쯤 오므린 달맞이꽃
이제 피는 중일까
꽃잎을 닫는 중일까
나는 왜 그게 궁금해지는지…
댓글을 달았다

"아침에 찍은 것이여"
답장이 왔다

아침 달맞이꽃
피어나는 것이 아니라
봉오리 닫는 중

그믐 초하루에
달도 없이 피었다가
어느새 지는 꽃

초승달 뜨는 저녁
눈썹달 같은 그리움
가슴에 그으며 피어나고

하현달이 뜨는 날은
기다림으로도 피어나
그리움 지우는 것을

차오르는 달을 보았기로
덧없어라
달도 별도 버거워라
차례차례 지우는 꽃송이

그믐 초하루에
달도 없이 피었다가
어느새 지고 마는
달맞이꽃
차례차례 꽃차례 기다림이여

# 수원이

오월 풀잎처럼 파란 청개구리
또 다른 이름
수원이
연꽃 피어나는 연못
넓은 연잎 위에 뛰어노는
파란 청개구리 보이면
네가 수원이구나!
이름 한번 불러 주시지요.

수원에서 처음 울음소리 듣고
너는 다르구나!
다른 울음소리를 내는
파란 청개구리에게 지어 준 이름
수원이랍니다

설령 울음소리 듣지 못해도
울음소리 구분되지 않아도
오월 풀잎처럼 파란
갓 태어난 작은 청개구리
봄이 오는 도랑가에
망개나무 잎사귀 위에 뛰어노는

망개나무 잎사귀처럼 반짝이는
파란 청개구리 보이면
네가 수원이구나!
이름 한번 불러 주시지요.

# 베고니아 1


사시사철 꽃이 피는
너로구나
철 없이 붉게 피어나는
사랑스러운 꽃이여
철없어서 예쁜 사랑이여.

# 연꽃이 피기 시작했다는 2

연뿌리
저 깊이로 자라는 것은
한 알 꽃씨를 고이 묻어 두기 위함일세
한 줌 깨끗한 흙 속에
백 년 또 백 년이라도
영원히 살아갈
작은 꽃씨의 집을 짓기 위함일세
땅은 연뿌리를 키우고
연뿌리는 그 땅을 깨끗이 간직하여
진공의 캡슐 같은
꽃씨의 집을 짓는다네.

# 씨앗

씨앗이 말했다
나 죽어서 싹이 날까?
꽃이 피고
열매가 되고
씨앗이 될 수 있을까?
농부는
씨앗을 기억하고
씨앗을 받아 둘까?

나 죽어서
다시 태어나
씨앗이 될까?

내년 또 내후년에도
꽃이 피고
열매가 되고
씨앗이 될까?

제4부

# 한라산 3

한라산 백록담 가서 잊힐 일이라면
돌밭이라도 가야지
눈길이라도 가고 가야지 자청한 길인데
아이들의 응원으로 자랑처럼 가게 되는 한라산
비행기가 늦어져서 누룽지로 저녁을 때우고
늦게 잠드는 일도 호강이었다
진달래 대피소 통과 시간에 늦을세라
아침도 누룽지로 요기하고 서둘러 다다르고
가벼운 무게도 줄이자
물 한 병 사서 생기를 찾고
마음을 다지고 일어섰다

산길이야 가고 가면 다다를 것을
힘을 내고 가야지 가는 중이다
딸들이 회사에서 해맞이 다녀온 길
눈 덮인 한라산 그 높은 데를
힘들었겠지만 무사히 다녀온 백록담
어느새 다 자란 아이들 보며
미안한 마음을 추스르고 지우며
한라산 백록담 가서 잊힐 일이라면
날마다 가고 또 가야지

돌밭 길이라도 가고 추운 겨울 눈길이라도
가야지 가고 가야지.

# 적멸보궁

허虛
공空
을
좇아
열반涅槃
적멸寂滅
을
좇아
산마루에 고여 흐르는
간절한 염불 소리

저 간절함이
이루게 하소서
저 기도를
들어주소서
허虛
공空
…
무엇이 더
있어서
가는 길인지요

있어도
있어서
적멸寂滅
입니다.

# 시인의 뼈꾹채* 2

천구백삼십구 년
시 백록담을 발표하던 그때
서른, 이립而立을 맞이한 시인에게
한라산 백록담은 어떤 의미였을까?

한여름, 팔월의 백록담
목마르고 지친 걸음을 채근하며
주권을 잃은 군주와 겨레의 설움에
고행의 기도를 바쳐 위로를 청했을까?

쓰고 또 쓰고 시를 써야지
읽어서 위로 되고 희망이 되게
간절하고 절실함으로
마침내 시인의 가슴을 통해
우리에게 온 백록담
조국의 하늘
백록담 뼈꾹채

시인은 외치고 외쳤으리라
말과 글이 왜 얼마나 소중한지
어떻게 지켜왔으며 지켜가야 하는지

한걸음 걸음마다 염원을 담은
고행의 길
해발 1950미터, 산길 9600미터
보랏빛 물드는 백록담
뻐꾹채는 어디쯤 꽃봉오리 맺었을까?

＊정지용 시인의 「백록담」

# 백록담 가는 길

1

비행기가 지연되었지만
불평 없이 줄지어 기다리는 사람들
결항이 아니기만 바라는 마음일까
이 조용함은

김포에서 해를 지우고 제주 도착도 늦었다.
택시를 기다리며 긴 줄 섰다가 시간이 가고
시내로 가는 공항버스도 끝나고
다시 택시 기다리는 줄 끝에 섰다.
드문드문 들어오는 택시를 기다리며
공항의 밤을 카메라에 담는 사람도 있다.
이 시간도 지나면 아름다운 추억이 될 것이다.

시외로 가려는 손님을 기다리는 택시로 가서
혹시나 했지만 승낙을 받았다.
"어머니가 계시다기에"
늙은이 체면을 세워 준 기사가 고맙다.
숙소 앞에 내리니
마침 택시를 기다리는 손님이 있어서

빈 차로 가지 않아 다행이다.

2

이튿날
아침도 굶고 서둘러 성판악으로 갔다.
맑으리라는 일기 예보와 달리 산에는 안개비가 내리고
점점 앞이 안 보이는 안개 속으로 들어온 것이다.
해발 750미터, 제법 높이 차편으로 와서
걷는 길이 시작되었다.
진달래 대피소까지 4시간에서 5시간 걸린다고 하니 넉넉히
여섯 시간은 잡고 천천히 가려 했던 것인데
아침을 걸러도 갈 수 있는 만만한 길이 아니었다.

성판악에서 안개로 시작한 길은
줄기차게 비가 묻어오는 구름 속으로 나 있고
비에 젖으며 구름을 지나 진달래 대피소 가까워 해가 났다.
유월, 초여름 볕이 나니 한라산엔 꽃 피고 잎 피어나고
그늘에 앉은 객은 갈증을 달래며 젖은 옷이 절로 마르고…

매점의 컵라면을 먹는 사람도 있지만

굶은 속이라 물밖에, 라면은 당기지 않았다.
라면 먹고 빈 컵은 각자 가지고 내려가서 버려야 하니
아직 갈 길 먼데 비우고 더 비우며 힘을 내기로 했다.
걸음이 빠른 사람들 사라 오름까지 들렸다가 돌아왔다.
안개로 호수는 볼 수 없었다니 남 일인데 걸음이 아깝다.
한 걸음이 얼마나 소중하던지…

대피소에 이른 시간을 보니 아침 먹고 가도 될 거라 했던
아이의 생각이 맞았던 것이다.
 '그래, 네 말이 맞아' 그렇게 살날 뿐인 것을!

3

산봉우리에는 흰 구름이 흐르고
저 높은 곳을 향하여 일어나 걸음을 재촉해 본다.
갈수록 가파른 길이라 무겁고 귀찮아 지팡이도 등에 졌더니
손은 가볍지만 발길은 천근이다.
지팡이에 얼마나 의지했으며 얼마나 힘이 되었던지!
살아서 여기 있음에 경건하다.
나무로 정돈된 계단을 따라 한 걸음 한 걸음 갈 즈음
걸어온 길을 돌아다보며 섰다.

꽃이 지고 파릇한 진달래밭이 펼쳐져 보이고
그 너머 끝없는 하늘과 맞닿은 구름바다
수평선이 보이는 언덕에 서 있다.
수평선이 보이는 그리운 언덕에 서 있다.
왜 갈까 백록담? 누가 묻거나 내 스스로도 묻게 되면
대답하리라.
여기, 늘 그리운 피안의 언덕이 있기 때문이라고…
걸어온 길을 돌아보며 쉬어가는 언덕이 있었노라
대답하리라.

다 왔어!
정상에 닿은 마지막 나무 계단을 따라 울긋불긋
사람의 행렬이 이어졌다.

4

해발 1950미터 한라산에 서서
지름 500미터와 600미터의 타원형 백록담
굽어살펴서
무엇을 보았을까?
그곳에 이르는 산길 9600미터

앞서거니 뒤서거니 걸어서 찾아온 사람들
무엇을 찾았을까?
구름이 걷히고 밝은 해를 기원하며 왔을까?
파란 하늘과 햇빛이 비치는 백록담 맑은 물
이 순간
골고루 내리는 찬란한 햇빛
신선한 바람과 푸르른 계절
보이는 것도  축복이요 찾은 것도 축복이리라.

# 저녁을 먹다

아침 일곱 시 안개가 자욱한 길은
저녁 일곱 시가 되어서야
땀과 비에 젖으며 마르며 돌아왔다
젖은 옷을 갈아입고 절뚝거리며 들어선
바닷가 작은 횟집
한 가족이 식사를 하고 있을 뿐 조용하다
"그 집에 가세요."
조용하고 친절하다고 아이들이 권해준 집이다
둘이 먹기는 많은 양이지만
일어나 다른 집으로 움직이기가 더욱 힘들었기에
앉은 자리에서 주문을 하고
많으면 많은 대로 먹자 저녁을 먹었다
주인도, 둘이라 양을 알아서 잘 조절하는 듯
부담스럽지 않고 정갈하고 맛있게 저녁을 먹었다.
살아온 날의 한 굽이를 넘어서
오늘은 수고한 나에게 상을 차리고 앉은 저녁
'다 이루었다'
성서 속의 한 구절이 떠오르고
여한 없이
떠날 준비를 하고 있다.

# 갯메꽃 1

사느라 잊었던 것이 어찌 꽃뿐일까
갯메꽃 피는 길
해풍이 들이치는 바위 기슭
뿌리를 내리고 피었던 꽃
작게 접어 보낸 소녀의 편지같이
그리운 날의 그리움이 볼우물에 번지는 갯메꽃
바다 건너 세월 건너 제주도 애월읍에 피었네.

마을을 지나 길을 지나 마냥 걷다가
우연히 바닷길로 들어섰더니
하얀 모래밭에 하얀 파도
물도 맑고 바람도 맑아서
사람도 따라 씻은 듯이 하얗게 맑아지는 길
유채 꽃밭에는 꽃씨가 여물어가고
밭가에 피어난 보랏빛 짙은 엉겅퀴
밭길 걸어가는 소녀를 만났다

모래밭에는 물놀이에 즐거운 아이들
코로나에 갇힌 아이들을 데리고 나와
가족끼리 추억을 쌓는 해변을 따라
가다 보니 목적지가 되어 주는 곳

어느새 곽지 해수욕장에 닿았다
파도타기를 하는 사람들의 푸른 바다
차를 세우고 여가를 보내는 이들의 넓은 바다
바다가 보이는 찻집에 들어가 커피 한 잔의 호사
걸어온 길의 피로를 잊기로 했다

언제 저 하얀 모래밭을 다시 보게 될까
목을 축이고 일어나 그 길밖에 모르는 사람처럼
아는 길로 돌아서서 걸어가고 있다
썰물이 져서 하얗게 펼쳐지는 넓은 모래밭
다시 새로운 길이 나타나 하루를 알차게 걷고
갯가 바위 끝에도 나가 물새처럼 앉았다가
모래밭에 남기는 젖은 발자국

해풍에 흔들렸을까
바위 벼랑에 피어 있는 갯메꽃 한 송이
검은 염소를 몰고 가는 갯마을 소년의 작은 나팔소리.

# 적막 寂寞

어둠보다 먼저 적막이 흐르고
해가 짧아
일찍 어둠이 찾아오는 계절

막차로 돌아와서 내리고
돌아가는 막차를 기다리던
인가 없는 산마루에는
어둠보다 먼저 적막이 흘렀다

읍내 중학교에 들어간
열세 살짜리 아이에게
적막은
가까운 첫 친구였다

적막이란 말을 알기도 전에
적막은 좋은 친구였고
헤드라이트를 켜고 오는 버스가
구조라에서 윤들, 불당
굽잇길 돌아 만곡재에 설 때까지

나뭇가지 사이로 깃드는 새소리

소스라쳐 놀랄 때에도
처음부터
옆에 있어 주던
그때는 몰랐던 이름

어둠보다 먼저 적막이 흐르고
하나둘 찬란한 기억들이
사라져 간 뒤에
저녁별처럼 떠오르는 그 이름
적막寂寞.

# 마니산

한번은 가보고 싶었던 마니산
한 시간이 걸린다는 길은 가파른데 참성단 가기 위해선
택할 수밖에 없었던 가파른 계단 길 바쁜 걸음 쳤지만
문을 닫은 참성단 닫힌 문 앞에서 아쉬운 발길을 돌렸다

오후 네 시 반이면 문을 닫는 걸 몰랐지
마니산 가자 마음 편히 집을 나섰고 마음 편히 들어선 산길
세 시 반이니 부지런히 가면 될 줄 알았지만 길은
만만치 않아서 서둘렀던 걸음 뒤에 남는 아쉬움이 더 크다

돌아오는 길에 산등성이에 서니 넓은 들판과 갯벌과
아득히 펼쳐지는 하늘로 아쉬움을 지우는 바람이 불었다
가던 길 뒤 돌아보니 아슬아슬 차마 돌아갈 수는 없어서
앞서간 아이들을 따라서 한 걸음씩 마침내 다다른 정상

내려가는 길은 시간이 더 걸린다는 길로 가자
시간이 더 걸리는 것을 보면 완만한 길이겠지 하고는
오다 보니 길이 험해서 천천히 올 수밖에 없다는 걸 알았지
나뭇등걸은 붙잡고 지나간 사람들의 손자국이 반들거린다.

이 험한 길로 늦은 시간인데 올라가는 사람도 있다

언제 내려오려고 지금 갈까?
참성단은 수없이 가 보았으니 문 닫혀도 훤하고 그냥
산길이 좋아서 산을 찾는 사람들이 아닐까?

이 발씨 사나운 길도 발에 익어 정들면 그리움이다
다시 오게 되면 그때는 이 길로 가서 저 길로 오자
그냥 산이 좋아서 산길이 좋아서
천천히 걸으면서
거칠고 험난한 삶도 돌아보며 그리워하자

다시 올 수 없을 거라며 재촉하던 마니산 그새 정들어서
또 오리라 혼자 하는 약속
마음의 소리를 들었는지
뒤따라오는 맑은 물소리.

# 하얀 풍차가 보이는 언덕

하얀 풍차가 보이는 언덕 위의 마을
라만차*의 콘수에그라로 가는 길
수확이 끝난 먼 포도밭에 늦은 가을비 내리고 있었다.
가물어서 메마른 땅이라는 이름의 라만차에 내리는 비는
이르거나 늦었거나 모두 반가운 단비이기에 나무는
가을비를 맞으며 진한 나이테 한 줄 그리는 중이다
내년에도 갈증의 날은 있을 것이고 그 가뭄을 이기는 날은
단비가 내리던 날을 추억하게 될 것이다
힘들었던 지난날을  위로받는다는 것은
다시 목마른 갈증의 날이 올지라도 의연毅然하게
받아들일 마음의 준비를 하는 시간이며 새로운 다짐의
시간이기도 하다
힘든 시간에 대한 보상이며 축복의 단비

촉촉이 내리는 비를 맞으며 하얀 풍차가 서 있는
언덕에 내렸다 풍차는 오래전부터 있었고
세르반테스 돈키호테의 무대가 된 곳이라고 한다.
한 편의 소설 속 주인공을 찾아온 사람들
전쟁에서 한쪽 팔을 잃고 외팔이라 불림을 받았던
세르반테스는 오늘도 돈키호테와 함께 살아 있고
앞으로도 그 이름 영원할 것이다

고통을 이겨 낸 정의로운 기사 돈키호테를 통해
위로받은 세르반테스의 언덕이기에
사람들도 위로와 용기를 찾아갔으면 좋겠다.

곡식을 싣고 방아 찧으러 가는 사람들의 마을 길
이제는 들리지 않지만 방아를 찧으며 행복한
농부의 일상이 숨은 그림이 되어 남아 있다
뒤에 들어온 차가 나가는 길을 막아서서
길을 열어 줄 때까지 말없이 기다리기로 했다
포르투갈에서 온 차여서 뒤차가 텃세하는 것
같다고 한다.
언덕에 더 머무는 것도 나쁘지는 않다
하얀 풍차 방앗간이 있는 언덕
라만차의 콘수에그라 마을을 언제 다시 또 오겠는가.
단비를 맞으며 한없이 걷고 싶은 마음이다

뒤차로 온 사람들이 우산을 쓰고 풍차 가까이 가서
사진을 찍고 풍차의 언덕에서 하나둘 다 내려올 때까지
차창 밖으로 비가 내리는 풍경에 젖고 있었다.
오래전부터 그 자리에 서 있었다는 풍차처럼
오래전부터 거기 있었던 사람이 된 듯이

구경 온 사람들을 창을 통해 구경하고 있다
비 오는 라만차의 풍경이 되어 하염없이 마음 적신다.

＊ 스페인 중부 마드리드 남쪽에 있는 평원. 해발고도 680~710 고원지대
아라비아어로 메마른 땅.
콘수에그라 언덕에 하얀 풍차 방앗간이 늘어서 있고, 세르반테스의『돈
키호테』무대.

# 미리내

　사랑하는 사람을 위해서 죽을 수 있다고 말하면서 미운
사람 미운 대로 가슴에 두고 멀리 가면 더 십자가의 길인
지 미리내에 왔다. 젊은 사제의 돌무덤 위에 초봄 햇빛 따
듯하다.

# 아침 종소리

프런트에서 새벽 미사에 다녀온 사람을 만났다
미사도 끝난 성당에 딸과 함께 기고 있다
엊저녁 어둠 속에 잠시 보았던 성당과 너른 광장
불을 켠 종탑과 시계탑에 걸린 시간과 소성당의 불빛
무릎을 꿇는 기도를 바치며 무릎으로 닦아 놓은 길과
또 한 사람의 간절한 기도, 늦은 저녁 촛불 미사에서
은혜를 입은 사람들의 발자국과 밤새 잠시 뿌린 비에
상쾌해진 바람과도 작별의 인사를 하고 싶은 것이다
이제 곧 아침 식사가 끝나면 이곳을 떠나야 하기에
떠나기 전 내가 잠든 사이 밖에 있었던 시간과도
화해를 해야만 한다.
다시 오지 않을 다시없는 시간이기에
광장은 쓸어 놓은 듯 깨끗하다
소성당 안에는 불빛 속으로 조용히 움직이는 사람들
일어나 헌금을 하고 남은 기원을 드리고 있다
잠시 빛에 젖었다가 일어나 돌아가는 나그네
아직 어둠이 가시지 않은 아침을 걸으며
아쉬움 남기고 돌아갈 사람을 뒤에서 부르는 듯
때마침 울리는 종소리
악수의 손 내밀듯 돌아서서 작별의 인사를 나눈다.

누구도 스스로가 완전한 하나의 섬은 아니다.
사람은 모두 대지의 한 조각, 이 땅의 한 부분
한 덩이 흙이 파도에 씻기면 유럽이 그만큼 줄어든다.
곶이 줄어들 듯 친구의 땅, 또는 그대의 땅이 줄어들 듯
어떤 사람의 죽음이건 나의 생명을 줄이는 것,
나 스스로 인류의 하나이기에
그러므로 묻지를 마라
누구를 위하여 종을 울리느냐고
종은 그대를 위하여 울리는 것이니*

종소리와 함께 떠오르는 시
'누구를 위하여 종을 울리나'
'누구를 위하여 종을 울리느냐고
묻지 마라 종은 그대를 위하여 울리는 것이니'
존 던의 시를 생각하는 종소리
시詩를 음미하며 종소리로부터 우연히 시인을 만나고
갈길 바쁘다 작별의 인사를 나누어야 한다
보내고 떠나는 사람들의 아쉬움
광장에 가득한 파티마의 아침 종소리.

*존 던의 시 「누구를 위하여 종을 울리나」 전문

# 청평사 가는 길

빗방울이 떨어지는 소양호
강 건너
청평사 가는 길에는 초파일 맞이하는
사람이 많다
점심때가 되어 주막에서 막걸리 한 잔과
빈대떡 한 접시를 시키고 앉아
아침 일찍 집을 나서서
여기까지 온 갈증을 달랜다.

이만치 살아온 삶
한 장 다 읽은 책장을 넘기듯이 접고
계곡 물소리에 시름을 씻으며
사람들 속에서 한 걸음 뒤처져 여기 앉았다
백팔배 또는 삼천배를 올리고
공덕을 쌓으러 가는 사람들
언뜻, 어머니 모습이 지나갔다
자식을 소원하고 가족의 안녕을 소원하며
등燈을 달고 빌었으리라

간절히, 나는 무엇을 빌고
무엇을 바라 살아온 것일까

주어진 삶 주어지는 대로 살아온 것일까
다만 부모님이 빌어 주신 은덕으로
살아온 것이 아닌가!
힘겨운 오르막길을 열심히 오르는
사람들의 뒷모습이 숙연하다

막걸리 한 잔의 숙연肅然함
술잔 가득 차오르는 어머니의 갈증
북받치는 설움일지라도 잊어라 다 잊어라
등을 쓸어 내리며 흘러가는 물소리.

# 푸른 종려나무

기다리다가
겹겹이 가슴은 타고
환영의 뜻
높이 세운 깃대 위에
푸른 깃발을 단 종려나무

척박한 마음 밭에도
목을 빼고 기다리는
종려나무 한 그루 살지
많은 날을 기다리며 살고
많은 날을 그리워서 살고

높이 세운 깃대 위에
푸른 깃발 푸른 종려나무.

# 백록담 가는 길 2

또록또록 양지꽃 노랗게 피었더니
갈 길 멀다 하고
돌아오며 다시 보마 했는데
어느새
날 저물고 길 어둡다.
꽃은 어디 있었을까?

백록담 가는 길
노랗게 피었던 양지꽃
다시 보마 하고 손 놓으니
먼 이별이다.

다시 보마 인사치레
하지 말자.
말 또한 빚이 되어 마음에 남을 테니.

# 시인의 뻐꾹채* 3

어린 날 밭두렁에서 본 듯한 그 꽃
엉겅퀴를 닮은 뻐꾹채
어딘가에 뻐꾹채는 피었을 텐데

산이 높아 더 붉게 피어
나라를 잃고 방황하는
서러운 마음을 위로해 주었던
시인의 뻐꾹채

하늘에는 별이 빛나고
땅에는 뻐꾹채 피어나라
별 하나의 꽃
별 하나 조국祖國.

* 정지용 시인의 「백록담」

# 백석산* 생명들


백석산 산山개구리가
약수터 아래 바위 웅덩이에 알을 낳고 갔다
투명한 알 속에서 꼬리를 흔들며 깨어나고 있다
아직 물이 차가운지 아직은 때가 아닌지
알 속에 옹기종기 모여서 꼬물꼬물 꼬리를 흔든다.
까만 약콩 같은 게
약수터 아래 바위 웅덩이에 산다.
아무도 돌보지 않아도 때 되면 깨어나고
아무도 간섭하지 않아서 더 야무진 생명들.


* 강원도 양구군 방산면 민간인 통제구역

# 오월

아카시아
꽃 한창이던 날
초대받은 손님 되어
산길을 간다
앉은뱅이
풀꽃도 다정한
작은 오솔길
떡갈나무 잎새 위에
반짝이는
꿀이 달다

젊은이여
그대
가슴을 열어
새로운 오월을 맞이하자
푸른 바람 너머
평화로운
마을이 보인다.

제5부

# 시詩 아니면 안 쓰기 4


그렇지만
정호승의 '수선화'를 읽으면


"울지 마라, 외로우니까 사람이다"
하고 읽으면


"산 그림자도 외로워서
하루에 한 번 마을로 내려온다."
"종소리도 외로워서 울려 퍼진다."
하고 읽으면


가슴이 어느새 이슬 내린
아침 풀밭 같아서…


2001년 1월 어느 날 밤
나는
한 편의 시詩로부터 위로를 받았다
하고
써 두어야 한다.

144

# 베고니아 2


　베고니아가 피었다. 해 바른 곳에서는 붉게 그늘에서는 분홍빛으로 여기도 저기도 베고니아가 밝게 피었다. 외손자가 현장학습에서 고사리손으로 심어 온 작은 화분이 가지를 쳐서 심은 자리마다 뿌리를 내리고 탐스럽게 자라났다. 바깥 날씨가 영하라서 베란다에서도 제법 추운데 꽃이 생생하다. 앞 베란다에 물을 붓지 말라는 관리실 방송이 나오는 몹시 추운 밤에도 베란다에 산다. 추워서 더 붉게 피는 꽃 자신이 풀인 줄도 모르고 열심히 사는 베고니아 사람아 꽃을 보며 웃자 이 추운 날에 베고니아가 피었다.

# 시詩 아니면 안 쓰기 5


에밀리 디킨슨
그녀의 외로운 시詩를 읽는다

커피 탓일까
밀려오는 물결
출렁이는 겨울 바다같이
마음도 출렁인다

때때로 그런 생각을 한다.
촉수 낮은 전등
아예 촉수랄 것도 없이
희미한 등잔불 또는
솔가지 불이면 더 좋겠다

오늘 같은 날
찾아갈 곳이 있었으면…

사랑하는 사람이 문득
보고 싶어 왔노라
찾아오듯이 가서
작은 오두막에

온기가 되어 주고
작은 불빛이 되고 싶다
한 잔 포도주
선물 같은 술잔을 기울이며
에밀리 디킨슨
그녀의 시詩와 고독을 나누고 싶다

한평생 떠나지 않은
고향 집이 있어서
지금 이 세상에도 없는
그녀가 부럽다
지독한 외로움
외로움도 자부심인
그녀의 시詩가 부럽다
오늘은 또
이런 말이라도 써 두어야 한다.

# 연꽃이 피기 시작했다는 3

살아 있었던 한 생을
누구에겐가 꽃이 된다는 건
참 힘든 일이건만

꽃들은 너무나 쉽게 꽃이 되어
누구에게나 앞앞이 꽃이다

조건 없이 제자리에 꽃씨를 뿌리고
시들어 가는 꽃을 보면

나를 버리고 가야겠다
나로 하여금
세상이 환해지기를 꿈꾼다.

나를 기증하고
기증된 몸 어디에
깊이 파 보면
순진무구의 땅을 찾아서
깊이 묻혀 있었던 꽃씨 하나
발견될지도 모르지
세상 밖으로 나온 꽃씨

그때 싹 틔울지
꿈을 묻어 두는 연못.

# 한 걸음

열두 폭 치마를 펼쳐 놓은 듯
초록을 머금은 산자락
그 너머로 두고 온 도시가 보인다.
멀리 우러러만 보던 산
한 걸음 또 한 걸음
산봉우리에 이른다
걸어서 온 길이
믿어지지 않을 만큼 아득하고
높고 맑은 바람이 가슴 가득하다
힘에 겹던 삶의 여정도
푸른 산자락에
한 걸음 발자국인 듯 벗어 놓고
산을 넘는 바람처럼
또 하나 산을 넘어야 한다.
영원에 다다름도
한 걸음 또 한 걸음으로 가리니
두고 온 것은 모두 강이다
초록 들판을 타고 흐르는
어디론가 흘러가는 강물이 된다.

# 갯메꽃 2

갯메꽃을 아느냐고 물었지
갯메꽃은 몰라도
메꽃은 안다고 말했지

너는
산길 따라 들길 따라
풀숲에 피어나는 메꽃 산메꽃
바람 소리 물소리 산새 소리 듣고

나는
물보라 들이치는 바닷가
바위 섶에 피어나는 갯메꽃

밀물지는 갯바위 위 발 적시고 서서
울며 외며 날개 치는
갈매기 소리 듣고 있지.

# 백록담 가는 길 3

시詩 밖을 떠돌아 살았네.
시는 어디 있었을까
찾을 수 없는 너를
너의 너를 찾아 헤맨다.
양지꽃은 어디에 있었을까?

갈 길 멀고 힘든 순간
노랗게 피어나서 웃어 주던 꽃
좋은 날 다시 새로 오는 것이 아니며
힘든 순간 그때에 함께 있었네.

양지꽃은 어디에 있었을까?

# 시인의 뻐꾹채* 4

어떻게 가르칠 것인가?
제자를 가르치는 스승으로서
고뇌와 깊은 사색으로
가파른 이 길을 가고 가시는 시인이여!

높은 산에서도 꽃은 피고
땅에 다붙어 필지라도
꽃이 피어나듯이
그렇게 희망도 피어나리라

봄여름 가을 겨울 밤낮없이
마음을 물들이는 보랏빛 꽃송이
겨레의 가슴에 희망의 별
작은 별들이 빛나는 백록담
시인의 뻐꾹채.

* 정지용 시인의 「백록담」

# 공동식당 사람들

라자로 마을
공동식당 사람들이
팥빙수를 먹는다
팥빙수 집에서
너와 마주 앉아 너처럼
팥빙수를 먹어 보고 싶었던 사람들
뚝뚝 떨어진 팥빙수
자국마다
떨어지는 것은 감격이다
건져 올려도 건져 올려도
떨어지는 것은 눈물이다

가슴에 박힌 얼음도 저어서
녹이고 녹여서…
떠먹어도
떠먹어도
떨리는 숟갈마다
뚝뚝 떨어지는 것은 설움이다
이제는 잊어도 좋을 아픔
뚝뚝 떨어진 설움을 닦는다.

# 누구를 위한 약속

바다 같은 마음으로 살자
바다 앞에서 한 번은 해보았던 약속
오늘도 지키지 못할 약속을 하고 있다

잊어도 좋은 일은 잊어주고
용서할 일은 용서하고
그리운 얼굴만 간직하고 가자
약속을 한다

바다의 마음 언제나 알게 될까
바다에 오면
저 순수의 바다는
나의 지키지 못할 약속을 받아주고 있다.

# 연꽃이 피기 시작했다는 4

연꽃이 피기 시작했노라
불러 주는 사람이 있어 고마운 일이다
가진 것을 나누고 누리는 공간까지
함께 보고 싶은 그 마음이 고마워서
가겠노라 약속을 지켰다

불러 주는 이가 없이 어찌
때맞추어 꽃을 보러 가겠는가.
연못가를 걷노라니
은은한 연꽃 향기 온몸에 배어들고
사람의 향기 또한 그윽하다

봉오리를 밀어 올린 꽃대 위에
바람은 깃발 되어 펄럭이고
제각각 다른 꽃을 피우고
다른 잎사귀를 가진 연蓮
이름도 얼굴도 다르게 연못에 산다.

넓은 잎새를 깔고
자잘하게 피어난 가시연꽃
해 지면 꽃송이 닫고 잠드는 수련睡蓮

하얗게 피어나는 순백의 이름 백련白蓮…

물속에 혹은 물가에 사는 풀 이름 들을 불러 본다
부들, 창포, 마름, 물수세미…
누가 언제 지어 불렀을까
이름 없고 불러 주는 이 아무도 없는
쓸쓸한 사람들의 이름을 생각해 본다.

# 우리의 만남은

우리의 만남은
한 아름 국화꽃이며
그윽한 향기

우리의 만남은
내원사 계곡의
맑은 바람이며
고운 단풍이며
낙엽에 불붙인
마음의 모닥불
눈물로 씻은
반짝이는 그대의 기다림

우리의 만남은
작은 찻집
커피로 녹인 위로의 눈물이며
살아 있는 고마움이며
긴 이야기

우리의 만남은
송도 바닷가

돌아나는 불빛이며
보랏빛 베레모
해조음에 얹어 주던
부드러운 그대의 노래며
이별의 악수

우리의 만남은
나를 불러내는
다정한 목소리이며
그윽한 그리움의 향기.

# 나그네 나무

나무 이름이
나그네 나무라니
나그네와 무슨 인연이 있었을까?

언젠가 지나는 사람에게
길을 가르쳐 주었고
줄기에 간직했던 물을 나누어
나그네의 목마름을 적셔 주어서라고

길 잃은 나그네가 나무 아래 서서
가지를 꺾어 목을 축이며
마치 방향을 가리키는 듯 뻗은 가지를 보고
해가 뜨고 지는 쪽을 알아 길을 찾았노라고
지나는 나그네가 지어 준 이름

나그네 나무에 이름은 사명이니
또 다른 길손에게 이로운 나무가 돼라
했을까
이름 지어 준 나그네 못 잊어
제자리에서도 나그네로 살고
목마른 사람을 기다리는 나무

나그네를 기다리는 너도 나그네
떠날 줄 몰라 기다림만 깊은 나그네
나그네 나무.

# 연꽃이 피기 시작했다는 5

연못 옆 고구마밭이 궁금하다
한때 연못이었고
작은 꽃씨가 묻혀서 죽은 듯이
살아있을지도 모른다.
먼 후일 다시 꽃이 되리라
꿈을 꾸는지도

고구마밭 다시 연못이 될 때
은은한 초유의 향기
진흙 속으로 마냥 깊었던 뿌리
수면 위로 밀어 올린 잎사귀
그 사이로 피어날
탐스러운 꽃송이 간직한 꽃씨가 산다.

수백 년 묻혀 있던 꽃씨를 찾아

그 꽃씨 싹 틔우고
꽃 피우는 사람들이 있는 한
꽃씨는 살아 있을 것이다
뿌리가 뽑힌 자리 진공의 힘으로
꽃씨는 그 깊이에 묻히는 것이다

잡초 무성한 내 마음의 땅은
언제 향기로운 날 있었을까
향기로운 꽃을 남기고
연실蓮實과 연잎과 뿌리를 남기는
연꽃만큼만 살아도
사람처럼 살았다 할 것을…

연못에 피는 꽃이여… 너처럼
오늘 이렇게 시를 캐는 자리에
떨어져 묻히는 꽃씨 하나 간직하기를
잘 죽어서 기증이 잘 이루어지기를
빌어야 하리.

# 목마른 들

키 낮추어 피어나는 꽃
꽃답다
민들레
제비꽃
목마른 들판에 피어나는 꽃

목마른 들에도
봄이 오는 것은
목마른 들에도 피어나는
키 낮추는 꽃이 있기 때문이다

목마른 들이
넓은 품이 되는 것은
풀꽃에 맺히는
이슬방울
작아지기로 동그란
표면 장력이 있기 때문이다

봄이 멀다고
움츠리는 사람들의 세상이
풀꽃들이 등 비비는 언덕같이

우리들 희망이 기댈
언덕이 되는 것은
목마른 들에 피어나는 꽃처럼
낮추어 피어나는
희망
품었기 때문이다

들판이 넓어 보이는 것은
작은 꽃들의 품이기 때문이다

목마른 들에 서 있어도
제 빛깔로 피어나는
낮은 꽃처럼
작은 희망을
품고 사는 것이다

나답게
나다운 희망을.

# 명념

명념銘念하거라
명념하였다가 후제
때가 오거든 은혜를 갚아야 하느니라.

이리도 고마울 데가 어디 또 있을까
고마운 것을 마음에 새겨 명념 또 명념銘念하거라
이르시던 할머니
날마다 등 두드려 쓸어 주시던 어깨
때는 어디쯤에 오고 있는지

고마움 잊고 산 탓일까 어깨가 무겁다.

오랜 옛날
바닷가 그 어느 왕국엔가
애너벨 리라 불리는
혹시 여러분도 아실지 모를
한 소녀가 살았답니다.
……

에드거 앨런 포 「애너벨 리」
오래전, 항상 소녀 같은 친구가 들려준 시를 적어봅니다.

먼 옛날 언제부턴가 바닷가 모래언덕에
'갯메꽃'이라 부르는 연분홍 꽃이 피기 시작했습니다.
그리고 바위 벼랑 그 척박한 곳에서도 꽃은 피어났지요.
그리고 바닷가 그곳
그들의 왕국에는 오늘도 꽃이 피고
내일도 또 내일도 변함없이 꽃은 피어날 것입니다.

네 번째 시집
'애너벨 리'를 좋아했던 소녀의 그리움 같은
『갯메꽃 한 송이』
등단 30년 시인으로서 미안함 갈음합니다.

책이 나오도록 애써주신
도서출판 우인북스 백영미, 전효복 사진작가께
고마움을 전합니다.

2021. 가을
최영희 율리 씀